오늘은 오른손을 잃었다

시작시인선 0267 오늘은 오른손을 잃었다

1판 1쇄 펴낸날 2018년 7월 25일
1판 2쇄 펴낸날 2019년 11월 5일
지은이 차성환
펴낸이 이재무
책임편집 박은정
편집디자인 민성돈, 장덕진
펴낸곳 (주)천년의시작
등록번호 제301-2012-033호
등록일자 2006년 1월 10일
주소 (03132) 서울시 종로구 삼일대로32길 36 운현신화타워 502호
전화 02-723-8668
팩스 02-723-8630
홈페이지 www.poempoem.com
이메일 poemsijak@hanmail.net

ⓒ차성환, 2018, printed in Seoul, Korea

ISBN 978-89-6021-381-4 04810
        978-89-6021-069-1 04810(세트)

값 9,000원

오늘은 오른손을 잃었다

차성환

천년의 시작

아버지에게

시인의 말

이 책의 한 페이지를 찢어라

2018년 여름
차성환

차 례

시인의 말

해 설

첫이란 단어로 시작하는

　첫 문장이 시작할 때 이미 무언가 실패할 것을 강하게 직감하고 쓰기를 중단하려 하지만 어차피 실패할 것이라면 그냥 쓰는 것도 좋은 방법이라 여겨지고 그동안 무수하게 중단되고 버려진 글들에 대한 묵념 같은 글이 되어도 좋겠다는 생각에 유령과 같은 글자들이 불려 나와 형체도 없고 결말을 알 수 없는 글자들이 일렬횡대로 늘어서 어디론가 향해 가고 이제는 오직 무언가 실패할 것이란 느낌만 남아 스스로 움직이는 글자들은 관성에 의해 멈추지도 못하고 쫓기는 건지 쫓는 건지 알 수도 없는 실패는 손끝을 떠나 끝이 없는 첫이 되고 이미 달아난 실패를 쫓아 끝없이 달려나갈 때 실패의 실은 계속 풀려나와 비로소 이 글은 달아나는 실패를 통해 실패를 완성한다

의자 1

의자는 나보다 먼저 태어났다 형이라고 불러야 하지만 나는 무시하고 궁둥이로 깔아뭉갠다 수많은 의자 위에서 사춘기를 보냈고 나는 앉아있기 위해 태어난 거 같기도 하다 의자는 계속 앉은 자세이고 늦게 태어난 나는 의자에 몸을 맞춘다 의자에 바퀴를 달고 앉은 채로 나는 어딘가로 간다 다시 태어나면 의자가 되어 너를 앉혀 주고 싶다 다 의자에게 배운 말이다 의자는 신나고 즐겁고 지루하고 끔찍하고 슬프게 앉아있다 의자는 책상과 상관없이 앉아있다 의자는 앉아서 잠이 든다 다시는 일어날 수 없을 때까지 앉아있다

담장길강물길담장

  높은 담장을 따라 걷는다 깊은 강물을 따라 걷는다 담장에는 울긋불긋한 커다란 잎을 매단 넝쿨이 이쪽 담의 바닥부터 담의 꼭대기까지 뻗어있고 아니 건너편에서 이쪽 담으로 넘어오거나 이쪽 담의 넝쿨과 저쪽 담의 넝쿨이 꼭대기에서 만난 건지도 모르게 담은 꽤 높아서 넝쿨을 타고 꼭대기까지 올라가 건너편으로 넘어가고 싶기도 했지만 담장은 내가 본 어떤 성벽보다도 깊었고 하늘에 가까웠으며 가끔 새가 담장 위를 휙 그으며 훌쩍 넘어가거나 넘어왔고 같은 새인지는 알 수 없었다 사람들은 강물에 비친 담장 너머로 자주 시선을 던졌지만 그래봤자 아무 일도 없는 날들이 많았기에 이젠 아무 일도 없이 담장을 따라 긴 길을 걸었고 길은 담장과 높이를 알 수 없는 강물 사이에 놓여 있기에 사이의 길은 담장길강물이나 강물길담장으로 불렸다 비가 오면 강물이 불어나 담장이 우는 것처럼 길은 젖었다 사람들은 그냥 담장과 강물을 따라 걷는다

엉덩이

엉덩이를 높이 들고 생각을 하기 시작했는데 곰곰이 생각해 봐도 엉덩이가 생각한다는 생각은 엉뚱하고 머리보다 위에 있는 엉덩이로 밥을 먹고 노래도 하고 양치질을 할 생각을 하니 간지러워 참을 수 없어지고 부끄럽게 빨개진 엉덩이로 잠시 골똘히 딴생각을 하려고 해도 엉덩이에서 흘러나오는 생각을 멈출 수가 없어서 엉덩이에 펜을 물려 글씨를 쓰게 내버려 뒀다

겨울

　한곳에 오래 있는 것을 두려워하는 나무가 움직일 수 없는 몸으로 새를 길러낸다면 독한 나무임에 틀림없는 그 고독한 나무는 떠날 수 없어서 새들을 항상 떠나보내고 다시 찾아오는 새들을 열렬히 환송하기 위해 매번 자리를 내어주고 벌레들이 나무의 길을 내면서 열심히 떠나는 중일 때 나무는 더 큰 움직씨를 품어 풍성하게 열린 울다 때리다 빌다 찌르다 흐느끼다 펄럭이다 소리치다를 모두 떨어뜨리고 압도적으로 앙상한 나무만 남아 더 큰 바람을 상연하는 무대를 펼쳐 보이고 나무는 걸어갈 수 없고 사라질 수 없고 수직으로 누워 자기 그림자를 끌어당긴다

못

　검은 옷을 입은 못이 옷을 걸기 위해 콘크리트 벽면에 몸을 박았다면 못은 이미 박혀 있는데 못을 때리는 망치 소리의 한 점으로 수렴해 들어간 방은 못에 걸려 헤어 나오지 못하고 한번 박은 못은 영원한 못이 되어 더 이상 무를 수 없는 죽은 점이 되고 모든 옷이 못으로 달려 들어가 평생에 한번쯤은 몸을 의탁해 잠들 수 있는 자리를 펼쳐 보이고 못이 박힌 소리는 잊히지 않고 못과 함께 단단히 쇠못에 붙들려 숭고하게 숭고한 못으로 차갑게 그대로 있고 못은 사라지지 않는 흔적으로 벽이 무너질 때까지 방이 사라질 때까지 집이 멸망할 때까지 세계를 열심히 박아 넣어 우주보다 큰 구멍을 제 안에 품고 마치 구멍이 못을 꿈꾸었던 것처럼 못은 구멍에서 자라난 못이고 점이고 흰 벽에 검은 못은 절대 못 갖춘마디로 흠집과 결점이 되어 못이 없는 벽면의 깨끗함을 떠올리게 하지만 그렇다고 못생긴 벽면의 아름다움 또한 몹쓸 것이라고도 할 수 없는 어떤 순수한 점을 불러일으켜 검은 못을 이빨로 뽑아내거나 물렁한 머리를 박아 넣는 식으로 나를 걸어 보기도 하는 검은 밤의 못은 숨 막히는 저수지의 깊은 못처럼 끝없이 육박해 들어가는 소리의 한 점

고야

　나는 고여있다 담겨 있다 고요하게 오랫동안 움직이지 않고 책상도 움직이지 않았는데 책상은 그대로 있고 책상은 죽거나 사라지거나 망하지 않을 것 같고 술은 술잔에 고여 나는 아직까지 고이고 있고 마시고 먹고 채우고 흐르고 떠나고 나는 작은 덩어리였던 것 같은데 이렇게 피도 많아져 도저히 믿기지 않게 잡다한 걸 채우고 비가 오면 흐르지 못하는 내가 아프고 고요하고 고요히 고여있고 걸어갈 때마다 간신히 고여 찰랑거리며 가끔은 젖기도 하고 고여있고 나는 오래 고인 물이고 늘 고여있고 늙은 물을 마시며 완전히 고인 자리여서 내게는 얼룩이 어울린다

걸음 1

걸음은 걸으면서 걸음마다 피는 꽃들과 녹아내리는 얼음을 생각하고 방향이 없이 방황하는 걸음은 구두 뒤축처럼 딱딱하게 굳어 잠시 걸음을 멈추고 다른 걸음이 올 것 같은 골목에 서서 걸음 속에 걸음이 왼발과 오른발이 번갈아 움직이면서 엉덩이와 어깨가 춤추듯이 흔들리는 길을 따라 흘러가는 걸음의 리듬을 기다리는데 나는 걸음을 가두는 걸음에 갇힌 채 걷지도 못하고 바다로도 가고 싶은 걸음이 산에도 못 가고 집에도 못 가고 걸음을 포기하고 걸음으로 남아 어디에도 가지 못하는 걸음을 자책하며 눈물을 흘리고 걸음이 흘러내리고 녹아내리고 바닥에 스며 새로운 걸음을 완성할 때까지 또 다른 걸음을 꿈꾸는데

계단을 오르고 횡단보도를 건너고 걸음을 따라 걸으면 죽은 걸음이 온통 가득 넘쳐 출렁이는 걸음의 파도 걸음의 슬픔 걸음의 얼음 걸음의 덧없음 걸음의 넘어짐 움직이지 못하는 걸음 그대로 압정으로 벽에 꽂아 걸음을 걸어놓고 걸음걸이를 감상하고 그러고 보면 걸음은 걸음을 멈출 때 가장 걸음에 가깝고 걸음은 내 시의 거름이 되어 치사하게 머릿속에 얼어붙은 걸음으로 시를 쓰고 나를 여기서 저기로 옮겨 주는 걸음은 문이 없는 걸음으로 걸음을 끝내려고 뛰

어내린 사람들의 걸음은 죽음 주검 무덤 까마득한 바닥의 정지 꽃 검은 얼음 나는 나를 죽음에 걸음 정지 멈춤 고 스톱 차렷 멈추고 스톱 영원히 지속하는 걸음 찰나의 시간과 무한한 시간의 깊은 울음 감금 설움 시름 걸으면서 노래하고 걸으면서 춤을 추고 걸으면서 속삭이고 걸으면서 같이 걷고 걸음 속에 꽃이 피고 걸으면서 진짜 걸음이 되고 나는 가장 화려하고 소박하고 아름다운 걸음이 되어 누구도 따라오지 못하는 지상의 걸음을 걸으며 그렇게 걸음마다 나를 심어놓는 걸음이 어떻게 스스로 무너뜨리는지 지켜보고

무릎

　나는 무릎 아래에서 자랐다 빽빽한 무릎나무 숲에서 무릎을 올려다보며 구른다 긴다 일어선다 넘어진다 꿇는다 온전한 하나의 무릎으로 서기 위해 무르팍이 깨지는 나날들 무릎은 자신을 제외한 전체를 일으켜 세운다 무릎이 무릎을 딛고 일어섰을 때 나는 걸어가는 나무가 되었다 무릎 아래로 슬픔의 밑동이 굵어지는 것을 바라본다 무릎은 바닥을 내려다보는 눈 눈꺼풀이 내리깔린 침묵 헐벗은 무릎에게 그늘이 있다 귀중한 것은 무릎 아래 둔다 무릎으로 기도하고 무릎으로 빌고 무릎으로 기어간다 무너지는 무릎 무릇 무릎 없이는 죄도 없다 무릎 없이는 구원이 없다 무릎이 없으면 용서가 없다 나는 무릎을 끌어안고 잔다 무릎 속에 맴도는 둥근 뼈를 만지며 무릎에 입을 맞춘다 무릎 없이는 나는 없다

우울

　강물을 보고 있으면 우울하다 강물을 따라 수도 없이 걷고 달렸다 술을 마시며 울고 물을 마실 때도 울고 육개장을 먹을 때도 울었다 비가 오면 우울하다 내리는 눈이 좋다 사람의 몸도 물로 이루어진 것을 보면 벚꽃은 사람들을 따라 떠내려갔다 사람을 보면 우울하다 걸어 다니는 물이다 뛰어 다니는 물이다 작은 우물이다 가라앉는 물이다 바다에 비가 내리면 몸속에 새 물이 돈다 울먹이는 사람도 물이다 우물이다 문이 닫힌 우물이다 입으로 물이 쳐들어와 우물 우물 말할 수 없는 우물이다 쓰러지는 우물이다 피 흘리는 우물이다 손을 잡고 팔짱을 끼고 출렁이는 우물이다 우울을 거꾸로 쏟아붓는 우물이다 우울이다 우물이다 우울이다

허물

허물어지는 허물을 볼 수 있다면 내가 볼 수 있는 것은 불에 일그러지는 나의 살과 피부 뼈와 불꽃 내가 허물어지는 나를 볼 수 있다면 뜨겁고 차갑고 내가 모르는 생의 온도로 허물을 벗는 곤충의 이야기처럼 벗으라면 벗겠어요 나는 그만 허물어지고 발목과 무릎과 허리가 흐무러져 척추는 자긍심을 잃고 허물이 안 되게 발악해 봐도 허물밖에 되지 않고 어제의 허물을 벗고 허물을 찢어 허물은 나의 몸인데 헌 집 줄게 새집 다오 쓰레기 더미 사이에 허물어지는 허물이 가장 아름답고 허물을 벗을 수 있게 허물에게 허물의 자리를 마련해 주고 나는 허물과 결혼해 허물을 낳고 허물이 잘 커서 큰 허물이 되고 나보다 더한 거물도 속물도 아닌 허물이 되어 나를 허물 뿐 나는 헛물만 켜고 허물은 아프지 않고 슬프지 않고 허물 속에 싹튼 허무와 신물과 허수아비를 껴안고 겉이 속이 되고 속은 겉이 되는 허무를 허물 뿐

무덤

무덤 속에 나는 무덤을 등에 지고 무덤 속에 들어간다 무
덤은 무덤을 등에 지고 무덤 속으로 들어간다 무덤 속에 무
덤이 무덤이 무덤 안에 무덤을 안고 무덤을 무덤 속에 무덤
을 꿈꾸고 무덤 속에 숨고 무덤이 보고 무덤 속에서 나는 날
아오를 거야 새가 날아간다고 하지만 무덤과 함께 눈을 마
주치며 노래하고 시다 지친다는 말도 하고 싶지 않다 뭐가
지치는지 모르겠다 뭐가 지치는지 모르면서 무덤은 무덤덤
하게 나를 따라서 무덤으로 숨고 나는 안다 무덤 속에 나는
무덤을 등에 지고 무덤 속에 들어간다 무덤이 무덤을 등에
지고 무덤 속으로 들어가고 무덤은 무덤이 무덤덤하게 무덤
을 안고 무덤을 지고 무덤 속으로 들어간다

하염없다

비가 오는 밤은 걸어서 나올 수 없네 비가 내린다면 술을 마시고 이곳에 숲과 늪은 없어 나 혼자 깊어지고 슬퍼지고 바닥 깊숙이 내려가 비가 오는 대로 술을 마시고 아무것도 없이 내리는 만큼 가라앉아 바닥에 구덩이를 파고 웅덩이가 되어 숨을 참았다 살아있어 아름다운 늪이 되고 허파가 뜨겁게 타오르는 숲이 되고 날아오르는 밤이 되고 나무를 가득 채운 물이 되어 잎이 된다 햇빛과 바람이 살아있는 잎이 깊은 숲과 늪의 잎이 된다 숲과 늪에서 떨어져 나와 물길을 가는 작은 잎이 된다 잎이 된다

사다리

　내게 사다리가 주어져서 사다리를 타고 오른다면 사다리 위에 있는 놈밖에 더 되겠니 사다리가 네 발로 걸을 수도 없을 텐데 사다리는 두 발로 걸어갈 수도 없고 사다리는 두 발로 어딘가 벽을 기대고 올라갈 곳을 보고 아니면 내려갈 곳을 보고 올라가든 내려가든 우선은 위아래를 보고 중간에 칸칸이 놓인 발판에 발을 디뎌 어디로 갈지 모르는 사다리가 중간에 걸쳐져 있다가 사다리는 위아래로만 움직일 것처럼 그러다 사다리가 넘어지면 사다리는 시체처럼 바닥에 누워 또 다른 게임을 생각하고 더 이상 올라갈 생각을 안 하는데

　사다리는 왜 사다리인지 곰곰이 누워서 생각하고 사다리를 기다리는 나는 땡볕을 피해 어딘가 그늘에 숨어들어가 왜 사다리는 사다리인가 분리될 수 없는 사다리가 즐겁게 하늘로 솟구치다 지하로 바닥으로 땅으로 점점 더 누구를 올려 보낼 것처럼 넝쿨이 사다리를 타고 올라가는 꿈을 꾸는 사다리가 사다리를 타면 벌칙이 정해지고 두 발로 선 사다리가 어느새 거꾸로 뒤집혀 두 팔로 물구나무서고 사다리를 오르다 떨어져 죽은 사람도 있는데 사다리는 오늘도 사다리를 탄다 사다리를 타고 사다리를 보면 외로워진다 도대체 어떤 사다리여야만 하는지

의자 2

의자는 의자왕을 기다린다 의자는 의지로 앉아있다 의자
는 나무의 뼈를 끼워 맞춘 의지의 의자다 의자는 사각의 등
판과 사각의 엉덩이와 각목의 네 다리의 의지로 앉아있다
의자는 나무 책상과 어울릴 만한 짙은 갈색에 니스 칠을 한
의자다 의자는 아직 한 번도 일어서지 않았지만 일어선다
면 의자는 더 이상 의자가 아니게 된다 의자는 의자로 있겠
다는 일념으로 의자로 앉아 자신의 의지를 증명해 줄 의자
왕을 기다린다 의자는 의지의 의자로 앉아있고 의자에 앉을
의지의 의자왕을 기다리며 무릎을 펴지 않는 의지의 의자다

구렁

나는 구렁에 들어가서 나오지 않았다 굴러떨어지고 있었다 넘어지고 있었다 파묻히고 있었다 구렁 속에 나는 어깨를 펴지 못하고 둥글게 구렁 속으로 말려 들어가고 구렁은 무덤 같기도 하고 잠깐 통로 같기도 하고 구렁은 백칠십오 센티미터 깊이의 항아리 같기도 하고 같은 것은 죄다 때려 넣는 것 같은 구렁은 커다란 호주머니 구멍 난 호주머니 구렁 속에 죽은 고기를 상추쌈에 쑤셔 넣고 술을 퍼붓고 노래방에서 악을 쓰는 나는 구렁 속에서 항상 구렁 속에서 구렁을 안고 능글능글한 구렁이처럼 구렁이 아닌 것처럼 구렁을 뒤집어쓰고 구렁 속에 생각하는 구렁 우는 구렁 웃는 구렁 쓰는 구렁 먹는 구렁 마시는 구렁 구렁 구렁을 벗으면 구렁 사람 살려 구렁 속에서 비명을 지르고 구렁에 빠져 빠져나오지 못하고 기어 기어 나오지 못하고 모든 힘을 탈진한 채로 아무것도 못 하는 구렁을 받아들이고 구렁으로 사는 나는 그냥 구렁

비非

　차가운 비가 내리는 환한 대낮에 빗줄기가 아스팔트와 건
물과 우산을 때리고 있다고 생각했고 갑자기 방 안은 어두
워지고 사람들이 비를 피하는 소리가 들리자 나는 서둘러
창문을 열어 비 오는 풍경을 보려 했지만 실제로 바깥에는
비가 오지 않을 가능성이 조금이라도 있었고 비가 아니 온
다는 사실 때문에 간신히 조금이나마 들뜬 나를 실망시키기
싫었으며 나는 아무것도 하지 않으면서 무슨 일인가 일어나
기를 조금이라도 무엇이 움직이기를 바랐고 사실 비가 아니
올 수도 있고 환청을 들은 것일 수도 있기에 설령 비가 아
니 오더라도 비가 오고 있다고 생각하는 내가 조금 더 견딜
수 있어서 비 오는 것을 확인하고 그냥 비가 오는구나 싶은
거밖에 아무것도 아닌 일이 될까 봐 나는 하루 종일 방 안에
누워서 오늘은 비가 온다고 생각했다

캐치볼

아들과 캐치볼 하는 어떤 아버지의 이야기를 듣다가

나는 이야기 속 아버지에게 공을 던졌고

햇빛이 눈부신 공원에서

아버지가 던진 공을 글러브로 멋지게 잡아내고

플라이 볼도 외치며 얼마나 좋을까 하는데

갑자기 나는 맨손에 공도 없고 공원도 사라지고

어떤 아버지는 나와 함께 냄새나는 치킨집에 앉아있었다

꽃잎

꽃잎을 뜯으면서 나는 비늘이 돋고 꽃잎을 뜯으면서 비
린내 나는 꽃잎의 살점을 삼키고 꽃잎은 입속의 혀처럼 내
안에 피고 지고 나는 꽃잎 속에 있고 꽃잎은 낯설게 꽃잎의
이름으로 불러줄 것처럼 가만히 꽃이 잎으로 달려가 꽃잎
이 되고 꽃잎을 뜯으며 꽃잎은 사라지고 나는 꽃잎이 자라
는 방식으로 슬퍼지고 바닥에 주저앉아 쓰러진 꽃잎의 자
리를 외우는데

이제 아무도 꽃잎이 자라는 것을 기억하지 못하고 꽃잎
은 여기 서서 꽃잎은 내 몸속의 꽃잎은 숨을 가두고 나는 강
물처럼 꽃잎을 삼키고 꽃잎은 가만히 나를 뜯어 꽃잎이 지
는 하늘에 꽃잎은 꽃잎으로 꿈꾸는 방법을 누군가에게 배우
고 꽃잎이 꽃잎으로만 남을 수 있게 나는 지는 꽃잎을 불러
모아 여기 소름 돋은 꽃잎을 입술에 피워 무는 꽃잎, 꽃잎

걸음 2

　오래전에 죽은 사람의 걸음이 쫓아온다 저리 가라고 소리쳐도 무덤에서 쿵쾅거리며 걸어 나온다 걸음아 날 살려라 산 걸음이 되려고 앞으로 튀어 나간다 죽은 걸음에 쫓기느라 정신이 없다 시간이 없다 죽은 걸음은 말이 없다 무게가 없다 냄새가 없다 흔적이 없다 죽은 걸음과 산 걸음이 뒤죽박죽 앞서거니 뒤서거니 자리를 다투다 이내 방향이 같다는 걸 알았다 걸음은 태어나자마자 죽고 죽으면서 태어난다 한 걸음을 던지고 한 걸음을 버린다 걸음은 잡히지 않아야 걸음이다 걸음이 나보다 먼저 간다 서둘러 걸음을 잡았다 치면 어느새 뒤꿈치에 달라붙어 있다 나보다 조금 빠르거나 조금 늦다 좀처럼 줄어들지 않는 보폭으로 잡히지 않는다 걸음은 걷는 사람에게만 있다 나는 걸음 속에서만 걸을 수 있다 멈추면 죽는다 걸음이 나를 인질로 삼아 걷는다 죽은 걸음이 따라온다 산 걸음이 되려고 걷는다 걸음이 나를 버리고 저 혼자 걸어나간다

흙무더기와 구렁

땅을 파고 나서야 흙무더기와 구렁이 생겼다 이곳에
땀을 흘렸으니까 됐어 이제 그만해도 괜찮아
새똥을 맞아본 사람이 하늘을 자주 쳐다보는 법이지
아무 생각도 없이 앉아있으면 아무 생각이 없어서 너무
힘들고
나는 간신히 나의 자리를 지키고 있는데
막 울어버리면 좋을 것 같은 비는 내리지 않고
등짝에 달라붙은 티셔츠가 후덥지근하게
강물은 조용히 흐르고 빠르게
빠져 죽어도 좀 나쁘지 않을 것 같은 강물에게
돌멩이를 던지고 멀리 한 번 더 던지고
기다리지 말라고 집에 얘기하고 온 것이 떠올라서
서둘러 구렁 속에 들어가 흙무더기를 덮었다

피서

요는 땀으로 축축하게 젖었는데

피아노 건반 위에도 없고

냉장고 속에도 없고

선풍기는 계속 돌아간다

민박집을 나와 해변마트 평상에 잠시 앉았다가

조금 더 걸으면 해가 질 텐데

서둘러 바다에 갈까

학교 운동장은 텅 비었다

벤치

운동화를 구겨 신고 햇빛이 부르는 대로 따라 나가면

나무 벤치가 있어서

비가 와도 한 번도 자세를 바꾸지 않고

개천을 마주 보는 일에 열심인 벤치는

건강하게 오래 사는 사람들이 걷고 뛰고 웃고

그렇게 명랑한 개 새끼도 바라보는데

공을 던지면 신나게 달려가 주인에게 물어 오고

던진 공을 넘어서 보이지 않을 때까지 달려 나가

영영 돌아오지 않는 걸 보고 싶은데

땡땡아 일로 와 돌아와

바람과 함께 귓전에서 조금씩 사라지는 목소리를 뒤로

하고

해가 지는 쪽으로

주인은 텅 빈 개 목줄을 손에 쥐고 주저앉아

모든 등이 쓸쓸해지게 빛나는 시간이 오고 있는데

따뜻한 햇볕을 오래 붙잡으러 뛰어나가려다가

다 부질없어 그냥 그대로 앉아있고

돌아올 거라고 믿는 사람의 마음의 구조를 상상해 보고

내게서 떠나야지 나는 돌아올 수 있지

강물을 건너 저 건너편으로 가고 싶다고 또 혼잣말을 하고

햇빛이 물러가면
조용히 그늘로 물러가 앉는다

가파도

가파도에는 파도가 있다 갚아도 갚아도 갚을 수 없는 빚을 안고 들어온 가파도에는 청보리는 없고 누런 보리밭이 있다 가파도에는 무덤이 있다 한 무더기 무덤이 옹송그리고 바다를 보고 있다 섬을 쓰다듬는 바람이 있다 일렁이는 보리밭 사이에 무덤이 있다 초록빛으로 살아있는 무덤이 키 작은 무덤이 깨금발로 보리밭 너머 바다를 보고 있다 파도를 묻고 빚을 묻고 바람을 묻고 새를 묻어 가파도는 섬이 되었다 다시는 나가지 못하는 바다에 묻힌 섬이 되었다

뚱뚱이 나라

가슴이 뼈에 달라붙은 여자가 깡마른 여자가 말한다 입을 열 때마다 덜그럭 소리를 내는 탈구된 여자가 의자에 앉아, 아내를 위해 하루 종일 물고기를 잡는 사내가 있었다 아내는 킹사이즈 두 개를 붙인 침대에 누워 물고기를 먹고 잠만 잤다 자다 일어나 물고기를 먹고 또 자고 남편은 그물에 잡힌 멸치처럼 빼빼 말라가고 아내는 살이 올라 이백 킬로가 넘는 거구가 되고 남편은 사랑하는 아내를 위해 물고기를 잡고 사랑스러운 아내가 물방울 땡땡이 옷을 입고 침대에 누워 물고기를 물고 남편은 아내를 사랑하고 너무나 사랑해서 물고기를 열심히 잡느라 가냘프게 침대에 누워 남편을 기다리는 아내를 생각하고 기다리고 물고기가 언제 올까 기다리고 아내는 행복하게 침대에 누워 그물에 걸린 남편을 기다리고 해가 져도 오지 않는 남편을 기다리고, 가죽만 남은 늙은 개에게 말한다 들리지 않게 들리지 않게

의자 3

의자에게 궁둥이 좀 치우라고 얘기했는데 말도 안 듣고
도대체 왜 말을 안 들어 다그쳐도 꿈적도 안 하고 그래 의자
는 귀가 없으니 의자에게 귀를 달아주자 들리니 의자야 의
자의 귓속에 속삭여 보고 그래도 꿈적 안 하는 의자에게 고
함을 치고 귓방망이도 후려쳐 보지만 의자는 두 눈을 끔벅
이며 미동도 없고 내가 앉은 의자는 재미도 없고 책상도 없
으니 재미없는 의자는 집어치우고 그냥 앉아있자 의자는 그
냥 앉아있다

모래 여자

　오지 않는다 모레 온다고 했던 모래 여자, 새끼손가락 걸
고 약속했건만 떠나자마자 사채업자가 들이닥쳐 잘라버렸
다 모래 밥을 안쳐놓고 오지에 가서 오지 않는 여자 오늘 밤
도 내일 밤도 아닌 모레 온다고 한 여자 잘린 손가락에 대
마초가 피고 냄새를 맡은 경찰이 철문을 두들긴다 방구석에
놓인 관 뚜껑이 열리고 삼베옷을 입은 아버지가 튀어나온다
아버지는 대마잎을 염소처럼 뜯어 먹고 나는 염소젖을 쓰다
듬으며 음마 음마 소리 내 운다 모레에 오지 않을 것 같고
와도 안 될 것 같은 여자 귓가엔 사이렌 소리가 울리고 도
시는 황사로 가득한데 치맛자락을 붙잡은 내게 모레에 올게
모래를 흩뿌리며 사라진 여자 뻑뻑한 눈알을 긁어대는 나를
두고 모레 온다며 떠난 여자 모래를 씹으며 모레를 세면 손
가락들이 모래로 떨어지고 방 안에 나 대신 모래 한 부대 부
려놓고 달아난 여자 대마꽃처럼 푸슬푸슬한 붉은 입술로 도
망간 모래, 모레, 모래 여자

검은 구두

　발을 집어넣다가 물컹한 쥐를 밟은 후로는 팬티도 뒤집어서 털어 입는다 가끔씩 바퀴벌레가 기어 나오고 여자의 긴 머리카락이 뽑혀 나오는 검은 구두, 뒤꿈치가 까지고 새끼발톱이 뭉개져 피 칠갑을 하며 내 발을 길들인 검은 구두 봄날의 잔디를 깔창에 깔고 뽀송한 구름을 구겨 넣고 습기 제거 해충 박멸의 구호를 외치던 그해 여름 아스팔트 위로 천 개의 구두가 달려오는 장마가 지나가고 가을이 와도 구두 속에는 계속 비가 내린다 어디선가 시체 썩는 냄새가 나고 나는 비를 피해 숨어 다닌다 내 발은 불어터져 구두를 벗을 수 없는데 미칠 듯이 가려운 발등을 뒷굽으로 찍어댄다 점액질을 흘리며 나를 끌고 다니는 검은 구두, 간신히 구둣방을 찾아 발을 내밀자 이 구두는 당신 발이라니까 의사의 멱살을 잡고 바닥에 주저앉아 밑창을 뜯어보지만 우라지게 튼튼한 겨울 아무도 찾지 않는 숲의 제철소를 찾아가 강철 가위로 검은 구두를 뜯는다 울컥울컥 검붉은 핏물이 터져 나오는 검은 구두 손바닥만 한 날개를 편 바퀴벌레 떼가 날아오르고 머리카락이 수챗구멍을 꽉 막아 죽은 쥐가 물 위로 떠오른다 나는 소스라치게 검은 구두를 집어 던지고,

　다시 까맣게 때가 타기 시작한 새 구두를 신은 맨발이 흰 눈밭을 걸어가고 있었다

기우

　가뭄이 닥치고 닥치는 대로 가뭄이 닥쳐 말라터진 흙바
닥이 아닌 아스팔트가 쫙쫙 갈라진 거리에 기도하는 소녀
가 간절히 기도하는 소녀의 기도를 들어준 하나님이 비를
내리사 은혜와 같은 빗줄기를 퍼부어 비는 내리고 열렬한
기도와 함께 뜨거운 비가 내려 차오르는 빗물과 온갖 쓰레
기가 몰려들어 수챗구멍을 막아버리고 빗물은 의자를 넘
어 탁자를 넘어 지붕을 뛰어넘고 흘러갈 수 없는 빗물이 가
득 넘쳐 물 위에 퍼붓는 빗물이 빗물은 사정없이 울부짖는
빗물이 도시를 삼키고 채우고 모두 물속에 잠겨 잠든 도시
를 유유히 떠다니다가 물먹은 목소리로 가득 찬 도시를 헤
엄치는 개구리 떼가 하얀 배때기를 까고 하늘을 향해 드러
눕고 이윽고 손깍지를 낀 기도하는 소녀의 시체가 물 위로
떠오른다

숲

불타는 숲의 이야기를 해주마 영원히 불타는 숲의 오두막
에 나무꾼이 살았고 나무꾼은 춤추는 빨간 구두 소녀를 붙
잡아 발목을 자르고 강간을 하고 사지를 찢어발겨 깊은 숲
속에 버렸단다 비가 내리자 핏물이 숲을 적시고 도끼 같은
벼락이 숲의 한가운데 떨어져 불꽃이 피고 불꽃이 나무와
나무꾼과 나뭇잎과 산짐승과 벌레들과 물고기를 불태우고
시냇물은 끓어올라 바위를 삶고 미친 듯이 춤을 추는 불꽃
의 열기에 새들이 바닥에 곤두박질치고 밤낮없이 숲을 짓밟
는 불꽃 속에 시뻘건 구두가 탭댄스를 추며 격렬하게 타오
르고 천 년이 가도 타오르는 숲의 잿더미 위에 불타는 구두
가 시를 쓰기 시작한다

걸음 3

    슬픔이 걷는다 눈물을 쥐어짜고 술을 토하고 오줌을 싸고 땀에 온몸이 젖은 슬픔이 걷는다 발밑에 돌멩이의 슬픔은 아직 생각해 보지 못했다 걷는 것은 슬프다 넘칠 듯이 아슬하게 걷는 기다란 물통이 걷는다 슬프니까 걷는다 슬퍼서 걷는다 어딘가로 걸어가면서 물을 운반한다 쏟아질 듯한 물통이 걸어간다 걸으면서 물이 생긴다 걸으면서 물을 길어 올린다 발바닥의 펌프가 몸속의 물을 회전시키고 눌의 힘으로 걷는다 걸으면서 물음이 생긴다 나는 왜 슬픈가 걷는 것을 바라보며 걷는다 걷는 것이 나를 걷게 한다 걸으면서 걷지 못하는 순간을 생각한다 걷지 못할 때까지 걷는다 걸음이 사라질 때까지 걷는다 상여도 없이 걷는 내가 슬프다

꽃

  등에 꽃이 피었다 손이 닿지 않는 곳에 꽃이 피어 꽃은 안
전하다 나는 불안전하다 꽃의 뿌리가 간지럽고 근질거려 애
인에게 뽑을 것을 지시했지만 애인은 거절한다 애인은 채식
주의자다 꽃을 사랑한다 꽃봉오리가 만개하면 잡아먹을 심
산이다 나야 꽃이야 다그쳐도 살살 등만 긁어줄 뿐 꽃은 뽑
지 않는다 나는 윗옷도 입지 못하고 등짝을 열고 다닌다 꽃
이 죽으면 애인한테 나도 죽는다 나는 정작 한 번도 보지 못
한 꽃잎의 개수와 색깔을 맞춰보라고 애인이 퀴즈를 낸다
있지도 않은 꽃이 피었다고 한 건 아닌지 미심쩍지만 등짝
에 핀 꽃 때문에 요즘 애인하고 부쩍 사이가 좋아졌다 내가
쓸모 있어진 것 같아 나쁘지는 않다 가려움에 환장하겠지만
우리 둘은 내 등짝에 핀 꽃 때문에 사랑하는 것 같기도 하다
꽃이 잡아먹히면 애인의 등짝에 호미로 밭을 갈아 내가 좋
아하는 방울토마토가 자랐으면 좋겠다

낭독회

시 쓰기를 좋아하는 양치기 소년은 처음에는 멀리 초원
에 내려앉은 흰 구름이 양 떼 같다고 비유했고 그러자 바람
에 부딪히는 나뭇잎 소리는 늑대의 날카로운 이 가는 소리
로 들려왔고 이윽고 일렁이는 숲 전체는 거대한 늑대가 되
어 양치기 소년은 늑대가 나타났다 시를 써서 마을 사람들
앞에 낭독회를 열었지만 너의 시는 고루하기 짝이 없구나
모욕감만 느끼고 심약한 양치기 소년은 술에 잔뜩 취해 애
꿎은 양 옆구리를 걷어차고 늑대가 나타났다 밤새 소리를
지르고 양들은 울고 사람들은 저 새끼 좀 조용히 시켜 시끄
러워 도저히 잠을 잘 수 없었던 거대한 늑대가 진짜 나타
나 이글거리는 눈으로 양 떼와 양치기와 사람들을 다 찢어
발기고 피바다가 된 마을 한복판 종탑 위에 걸레가 된 양치
기 소년의 주둥이는 그 너덜거리는 입술로 이로써 나의 시
는 완성되었구나

판다

　나는 귓밥을 판다 코딱지를 판다 배꼽을 판다 피가 나도록 구덩이를 판다 지겹도록 판다 시를 판다 피를 판다 눈물을 판다 눈가에 검은 마스카라가 번진 판다는 판다 판다를 끝까지 하면 아무것도 없이 판다만 남아 죽순만 먹는 판다가 죽만 쑤는 판다가 팔 것을 찾아 파지를 줍고 페트병을 모으는데 판다고 팔아봐야 돈도 안 되고 몸만 막 판다 제 몸을 파서 검은 구덩이를 만들어 숨어 들어가고 웅담도 팔아버린 판다가 나는 곰도 아니야 손을 떠는 판다만큼 잘 팔 수 있다면 판다만큼 잘 판다면 더할 나위 없이 좋은 판다가 되어 나는 막 판다 판다만큼 잠과 먹기와 섹스가 완벽하게 잘 판다가 된다면 여지없이 훌륭한 판다가 되어 발톱에 때도 판다 죽은 찌꺼기를 판다 시 팔 것이 있다면 파고 팔 것이 없어도 판다 피가 나도록 판다 죽도록 판다

섬소

섬이 태어난다는 말은 참 멋져 어떤 사내가 능글맞게 웃으며 들려준 이야기는 섬이 육지였을 때 염소는 분지를 지나 외딴 산으로 올라갔는데 올라가자마자 빗줄기가 퍼붓고 폭풍우가 휘몰아쳐 무너진 둑에 낮과 밤이 휩쓸려 갔지만 산은 어금니처럼 뽑히지 않았고 백일 홍수가 시작되자 염소는 잡초와 나무 껍데기와 맛없는 종이를 뜯어 먹으며 엽서를 썼는데 안타깝게도 산에는 우체국이 없어 뒷면을 보면 바위섬 꼭대기에 하얀 뭉게구름을 배경으로 염소가 서 있는 멋진 엽서인데 비는 계속 내리고 염소는 떼를 쓰고 울면서 부치지 못한 엽서를 씹고 또 씹어 입에 단내가 나도록 씹다가 삐쩍 곯은 다리에 퇴행성 관절염이 오고 구십구 일 마지막 날 밤 폭풍우에 절룩거리는 무릎이 뚝 꺾이더니 염소는 그대로 주저앉아 섬소라는 섬이 되었지

바게트

꿈에서 나는 갓 구운 빵이 되었고 아침에 일어나 보니 나의 왼발은 두툼한 빵이네 우선 배가 고파 발바닥을 뜯어 먹고 이불에 부스러기를 흘린 게 부끄러워 서둘러 세수를 하고 밖에 나가려고 하는데 왼발이 신발에 들어가지 않아 쭈그리고 앉아 뒤꿈치와 발등을 더 뜯어 먹고 미나리 공원에 가서 햇볕에 기분 좋게 앉아 아까 흘린 빵 부스러기를 호주머니에서 꺼내자 개미 떼가 일렬횡대로 걸어 나와 인터셉트해 반대쪽 호주머니로 들어가고 평화로운 주말 오후였는데 갑자기 비가 쏟아지더니 사람들은 다 사라지고 나는 물에 젖어 흐물흐물한 왼발을 질질 끌며 빨리 집에 돌아가 따뜻한 아메리카노에 찍어 먹을 바게트 빵 맛이 궁금해졌다

의자 4

　나는 의자에 앉아 먹고 마시고 쓴다 의자는 언제나 나를
품어준다 나는 의자로 생각하고 의자로 꿈을 꾼다 나는 의
자를 쓴다 나는 의자가 꾸는 꿈 의자가 신음을 한다 방귀
를 뀐다 문장을 짓는다 의자가 땀을 흘린다 침을 흘린다 앉
은 채로 잠을 잔다 의자는 웅덩이처럼 흥건하다 의자는 술
에 취한다 의자는 말이 없다 흐릿하다 의자는 슬프다 슬퍼
서 대부분 말이 없다 의자가 말을 하면 나는 의자의 말을 받
아 적는다 기다린다 숨을 죽이고 기다린다 의자의 말을 기
다린다

마가리타

마가리타는 술의 이름 멕시코 해변에 뜨거운 태양의 이름 하얀 포말로 부서지는 파도의 이름 달콤한 레몬을 삼킨 테킬라로 바닥을 채운 술의 이름 잔의 입구에 소금이 하얗게 내려 아직 아무도 입술을 대지 않은 술의 이름 마가리타는 여자의 이름 바텐더가 사랑한 여자의 이름 금발의 머리카락이 허공에 물결치는 옥상으로 가는 계단의 이름 종아리에 흐르는 한 가닥 푸른 정맥의 이름 손끝에서 사라진 여자의 이름 바닥에 산산이 부서진 술병의 이름 테이블 위에서 식어가는 눈물의 이름 죽은 모래로 만든 술잔의 이름 네온사인이 꺼지면 혼자 남는 새벽의 이름 마가리타 마가리타 마가리타는 마시지 못하는 술의 이름

주문진

    겨울 바다에 놀러 갔다 백사장에서 기우뚱거리는 발자국을 삽으로 떠 우리 집 화분에 옮겨 심었는데 발가락이 살아 있는 게 신기해 너는 걸음을 얻다 두고 온 거야 베란다 햇빛에 내놓고 물을 주며 재떨이로 쓰던 어느 날 박살 난 화분을 뒤로하고 뛰쳐나간 발자국이 지하철을 타고 강변역 동서울터미널에서 버스로 갈아탄 후 주문진에 내렸고 허겁지겁 따라갔지만 발자국은 바닷속으로 사라지고 나는 반 박자 늦게 백사장에 서 있었다 소금기가 코끝에 훅 끼쳤다

미도

미도는 거울에서 왔다 거울 속은 차가운 겨울이다 외투
가 없는 나는 거울을 지날 수 없는데 미도는 겨울을 찾아왔
다 뭉툭한 주먹을 쥐고 여기도 슬픈 봄이 왔어 미도의 발밑
으로 흥건한 물이 흐른다 내가 젖은 팬티를 들고 욕실로 가
면 미도는 방 한구석에 서서 노래를 한다 거울 속에는 얼음
으로 된 집이 녹아내리고 방 안에 돌아오면 미도는 흔적도
없이 사라진다 미도야 미도야 미도는 골목과 골목 사이에서
아이들에게 쫓겨 다닌다 나는 미도의 비린내를 핥는다 미
도 미도 미도 미도는 겨울 문밖에 남아 계속 노크를 하는데,

멜랑콜리

내 아버지는 아버지가 되기 전 아무것도 아닌 거시기였
는데 나를 낳으면서 어떤 선택의 여지도 없이 아버지가 되
었고 생전 처음 신생아를 안은 아버지는 라이터가 어디 갔
더라 표정으로 나는 나대로 세상에 나온 게 억울해 막 우는
덕에 거시기 씨 총각 때는 그만 잊어요 깔깔깔 웃으며 행복
했던 한때를 어머니는 무시기를 잃은 홀쭉한 배를 쓰다듬
으며 내게 말했다

주머니

　내가 지금 입고 있는 바지의 주머니는 네 개이고 잠바에도 두 개가 있어서 왼손과 오른손을 이 여섯 개의 주머니에 넣을 수 있는 모든 경우의 수를 생각해 보며 이리저리 집어 넣어 보고 그러다 보면 내가 몸 안에서 덜컹거리기도 해 잘 맞지 않는 공간과 틈이 조금씩 벌어져 나는 헐거워지고 몸 주머니 안에서 빠져나올 것처럼 들썩이다 결정적인 재채기 한 방에 나를 훌렁 벗어 던져 순식간에 불량한 자세로 주머니에 손을 꽂은 내가 걸어간다

칼로 1

염소가 있다 바다가 보이는 벼랑에 염소가 있다 말뚝을 잃은 염소가 우는 섬이 있다 침을 흘리며 우는 염소가 있다 비가 몰아치는 바다에 염소가 있다 폭풍우에 휩싸인 섬이 있고 다 닳은 뿔로 섬을 들이받는 염소가 있다 바위에 몸을 찢는 염소가 있고 붉은 눈 속에 칼을 들고 소리 지르는 사내가 있다 다 죽여 버리는 사내가 있다 도망가는 여자가 있다 빗물을 흘리며 달리는 여자가 있다 바다를 보며 우는 염소가 있다 눈을 감고 날뛰는 염소가 있다 폭풍우를 집어삼킨 섬이 있다 눈을 뜨면 사라지는 섬이 있다 염소가 밤새 뜯어 먹고 사라진 섬이 있다

Ah! Monde

이빨 사이에서 와그작 부서진다 툭툭 터진다 사방으로 파편이 튀고 사람들이 숨는다 아몬드 4년 전 떠나간 애인한테서 전화가 온다 수화기가 없이 벨만 울린다 아몬드 오래전 죽은 아버지가 입술을 움직이지 않고 말을 한다 안방으로 들고 간 밥상을 물끄러미 보고만 있으신다 아몬드 햇빛이 아이스크림 위에 아몬드처럼 부서진다 나는 놀이공원에 혼자 눅눅해진 콘에 담겨 흘러내린다 아몬드 육개장에 얼굴을 파묻고 퍼먹는다 떨어지는 눈물에 국물이 줄지 않는다 아몬드 어머니의 주름치마를 잡은 손안에 계속 주름이 접혀 들어온다 나사 하나가 손에 들려 있다 아몬드 석가모니 그림자 서린 수자타 마을의 강을 건넌다 발목이 물에 흘려 떠내려간다 아몬드 숨을 참고 물속으로 들어간다 나는 항상 이불 속에서 질식사 직전에 빠져나온다 아몬드 가슴 위에 포개놓은 손이 박쥐가 돼서 파닥거린다 방 안을 날아다닌다 아몬드 머리가 달아난 검은 지네가 입속에서 기어 나온다 와그작와그작 아몬드 사이에서 이빨이 부서진다

58

모시모시

흰 벽지에 검은 못이 박혀 있다 콘크리트 벽을 뚫고 들어간 못의 뿌리가 자란다 검은 실 줄기가 밤새 퍼져나가 베개 위에 긴 머리카락을 펼쳐놓는다 못에 걸어둔 시계가 시간을 잃고 초침이 경련한다 아기 울음소리가 들린다 못의 뿌리가 기어간다 장롱에서 그물에 감긴 아기가 끌려 나온다 벽의 모서리에서 시멘트 가루가 조금씩 떨어진다 바짝 마른 동공을 등 뒤에서 뻗어 나온 모세혈관이 움켜쥐고 있다 몸에 있는 점들이 천장에 달려가 별자리처럼 박힌다 슬금슬금 다가오는 검은 못의 촉수, 살갗이 곤두선다 점이 있던 자리에 핏물이 맺힌다 서랍 속 장도리를 꺼내 구석에서 울고 있는 아기를 내려친다 시계를 부순다 이놈의 못이 이놈의 못이 장도리의 쇠발톱에 못을 걸어 뽑는다 끌려 나오는 검은 뿌리 헐떡거리는 못을 뿌리째 씹어 먹는다 못이 빠진 구멍에 터진 수도 배관이 검붉은 피를 쏟아낸다 방 안에 핏물이 고인다 나는 축축한 웅덩이 한가운데서 깨어난다

걸음 4

강물이 흐르는 것을 보면 흐르지 않으려고 안간힘을 쓰는 강물의 모습이 떠오르고 그것을 의지라고 부를 수 있을까 강물을 따라 걸으면 어느덧 내 발보다 먼저 앞서가는 발자국에 끌려가는 나를 발견하고 순간 걸음을 멈출까 생각해보지만 내 생각보다 먼저 흘러가는 걸음 그대로 내버려 두는 것이 더 좋을 것 같아 강물을 따라 계속 걸었고 얼굴에 빗방울이 떨어지기 시작했다

담배

오래전에 삼킨 아버지를 토해 내자 검은 털로 뒤덮인 아버지는 죽은 자 가운데서 털만 자랐는지 눈 코 입은 안 보이고 온통 털 털이 무성하게 자라는 병이라면 약도 있을 법한데 털 뭉치가 돼서 돌아오다니 내가 왜 역겨운 걸 이제 알겠니 아버지 한 터럭도 타지 않았어요 아니야 나는 계속 불타고 있다 아니다 나는 계속 불타고 있다는 듯이 아버지가 똑바로 누워 불에 타는 연기를 하자 나는 아버지 한 터럭도 타지 않았어요 소리쳤을까 아버지는 털만 자라서 도대체 무엇을 가르쳐주려고 털북숭이로 나타나서 어쩌자는 건지 내가 담배를 꺼내 물고 라이터에 불을 붙이자 똥털 같은 새끼욕을 할 것인가 솟구친 불꽃이 기다란 내 앞 머리카락을 살짝 그을고 나는 신경질적으로 외친다 아버지 한 터럭도 타지 않았어요 다시 나는 담배에 불을 붙이고 아니야 나는 계속 불타고 있다 불타고 있다

붉은 벽돌

붉은 벽돌 공장은 붉은 벽돌을 찍는다 공장은 많은 벽돌을 붉은 벽돌을 마음대로 찍고 벽돌이 벽돌로 사라지는 것을 본다 붉은 벽돌이 차곡차곡 붉은 벽돌의 담이 되고 담쟁이가 붉은 벽돌을 타고 오르고 왜 붉은 벽돌은 씨발 이렇게 만들었나요 벽돌만큼 나는 벽돌만큼 나를 뜨겁게 태우고 사라지는 벽돌만큼 뜨겁게 붉은 벽돌이 되고 붉은 벽돌 속에 붉은 벽돌이 아니라고 소리치는 벽돌을 다시 빨갛게 피 칠한 붉은 벽돌로 다시 붉은 벽돌 벽돌 붉게 타오르는 벽돌을 보고 해가 지는 황혼에 붉은 벽돌을 붉은 벽돌을 공장에서 만들어지는 붉은 벽돌을 기다리고 붉은 벽돌이 차곡차곡 나를 만들어 세우기를 기다리는데 나는 붉은 벽돌 공장 붉은 벽돌 공장은 개새끼 죽여 버리고 붉은 벽돌 나는 붉은 벽돌이 아니고 붉은 벽돌은 붉은 벽돌만큼 착하지도 않잖아 씨발 새끼 꺼져 개새끼 붉은 벽돌 속에 붉은 붉은 붉은 벽돌이 붉은 벽들이 숨을 죽이고 나는 벽돌 속에 남을 거야 벽돌은 슬프고 씨발 좆같지만 그래도 붉은 벽돌 공장은 돌아간다 시인은 시인을 따라 붉은 벽돌 아궁이를 갖고 붉은 벽돌이 좆같게 좆같게 놀래고 놀래도 씨발 붉은 벽돌이 오잖아 붉은 벽돌 벽돌 붉은 벽

FUCK ME

나는 나에게서 나를 꺼내는 나를 보고 나는 아닐 거야 나는 그렇지 않지 그렇지 않은 나는 또 나를 꺼내 보지만 나는 꺼지지 않는 불꽃 속의 불꽃처럼 계속 타오르는 나를 끄집어 땔감으로 쓰기도 하고 나는 터져 나오는 나를 통째로 집어삼키고 찢어 죽이고 죽은 나가 줄줄이 끌려 나와 포승줄에 묶여 저승길로 떠나는 나에게 곡을 해주는 나는 금방 알을 까고 나온 나에게 하이파이브를 선사하고 나는 이제 진짜 그만 나에게서 도망쳐 길 끝의 소실점에 묻히려고 뛰어나가면 일렬종대로 따라와 불어닥치는 나에게 겹겹이 포개지면서 비로소 불가능했던 나를 완성시킨 것 같고 나는 이런 성공이 의심쩍어 뒤돌아보면 여전히 나는 나는 나는을 되뇌며 뒤통수를 긁적이는 나의 뒤통수를 퍽퍽 후려치며 욕을 하는 나는

칼로 2

아무것도 아닌 밤이 나를 차갑게 적시는 밤이 나를 차갑게 적셔 뜨겁게 끓어오르게 하는 밤이 어떻게든 싫어 나는 사자 사자가 우는 사자만큼 울부짖는 나는 당신을 죽일 만큼 큰 사자가 어둠 속에 나는 비가 몰아치는 벼랑 위에 나는 이미 죽은 거같이 나는 너를 사랑하는 나는 사랑할 수밖에 없는 나는 사랑도 못 하는 나는 아무것도 모르는 꿈을 꾸고 싶은 나는 꿈을 꿀 수 있을 만큼 미친 듯이 꾸는 나는 어디선가 우는 나는 어디선가 울기도 하고 꿈을 꾸기도 하는 나는 휘몰아치는 밤을 삼켜버린 나는 환한 대낮에 서 있는 나는,

오늘은 오른손을 잃었다

　잠결에 내 뺨을 때리는 손이 뭔 일 있어 시치미 떼고 가슴 위에 가만히 내려앉아 있다가 내가 잠들면 또 내 뺨을 내려쳐 도저히 참지 못해 벌떡 일어나면 방 안을 날아다니며 내 귀싸대기를 겁나 후려치는 날갯짓에 정신을 못 차리고 이 개새끼야 이빨로 물어다 바닥에 패대기를 치고 겨우 손목을 잡아다 식칼을 꽂는다

너

나는 있고 싶지 않은 곳에 항상 있는 경우가 있고 나는 웃기지 않는 우물을 보고 있는 날이 많으며 나는 마시고 싶지 않은 물을 삼킬 때 더더욱 지쳐 아무것도 할 수 없을 수가 없고 나는 최소한도로 나를 위해 나를 움직이고 생각하고 그러다 보면 내가 나를 가끔씩 넘쳐 평생 해봐야 손에 꼽을 만큼 들 수 있는 망치를 들고 못을 박기도 하고 아무것도 걸 것이 없는데 내가 못을 박는 나를 분명하게 걸어두기도 하고 가야 할 곳도 없는데 분주하게 가고 있는 내가 한심해다 포기하고 술을 먹기도 하는 나에게 줄 수 있는 선물은 비를 맞고 달을 보고 지나치게 걷는 일뿐이라고 애써 자위하고 끝나지 않게 얼룩진 자리를 옮기고 옮기면서 나에게 나는 목소리도 아닌 소리를 지르고 여기 있다 내가 여기 있어 지울 수 없고 지워지지 않는 내가 어느 문장에나 어느 꿈결에나 벗어나지 않는 나는 달아날 수 없는 나에게서 저만치 물리치고 떨어질 수 없는 거리에서 또 나는 매번 흐느끼게 하는 내가 싫어 나는 나를 완벽하게 없앨 수 있을 거라 믿는 바쁜 호흡 속에서 빠른 시일 내에 예상치 못하게 멈출 것을 미리 당부하고 서둘러 마감

의자 5

　의자는 움직이지 않는다 움직이지 않아서 움직이는 모든 것을 욕망한다 엉덩이를 긁적이고 싶다 산책을 나가고 싶다 하품을 하고 싶다 금세라도 문을 열고 나가고 싶지만 일어나는 순간 의자를 포기해야 한다 의자는 욕망이 피어나는 엉덩이 받침 움직씨들이 활짝 피었다 수그러드는 화분 의자에 앉아 움직이지 않는 것들을 생각한다 의자는 침묵이 걸터앉는 자리 터져 나올 것 같은 말들이 고여있는 곳 나는 의자에서 의자로 옮겨 다닌다 의자가 부르면 가서 앉는다 모든 의자는 빈 의자이다 비어있어서 채워진다 앉아있지 않으면 아무것도 될 수 없다 나는 의자에 움튼다 의자에 앉아 의자를 쓴다 의자는 쓴다

염소

　다리가 네 개면 공을 잘 다루겠지 손을 발처럼 쓰고 그라
운드를 네 발로 뛰어다니면 누구든지 내게 패스할 거고 나
는 앞발이 생겼으니 뒷발로 넣는 척하면서 앞발로 넣을 수
있고 맘대로 인조 잔디를 뜯어 먹다 심심할 때는 마음껏 심
심할 수도 있겠다

간질

귀를 후비는데 손톱 끝으로 귀지를 긁던 새끼손가락이 구 멍 속으로 쏙 들어가고 손가락을 따라 손목이 팔뚝이 어깨 가 어어 하다가 어이없이 들어가더니 이미 귀 파는 것을 포 기하지 못한 손가락을 따라 머리가 반쯤 들어갈 때는 눈이 뒤집히고 거품이 일어 눈부신 빛 한가운데서 한참을 헤매 다가 간신히 뒤집힌 몸속에서 깊은 발바닥을 긁고 있는 손 가락이 느껴졌는데 간질이는 건지 가려워서 긁는 건지 도통 알 수가 없었고 눈을 떴을 때 아버지는 빗물을 흘리며 나를 내려다보고 있었다

불타는 바다에

　불타는 바다로 달려가는 기차를 다고 저주받은 도시를 떠난 지는 오래 질 좋은 종이가 떨어진 지는 오래 흔들리는 차창에 찢은 달력을 대고 순식간에 지나가는 너른 들판과 아름다운 호수 나무와 새와 젖소들의 그림자가 어른거리는 달력의 뒷면에 알아볼 수 없는 시를 쓰고 발밑에 쌓이는 종이와 달력이 화로 속으로 쓸려 들어가 이렇게 무식하고 무겁고 무절제한 밥통 철통 기차를 끌고 뜨거운 열기와 미친 글씨로 달궈진 기차가 불타는 바다에 간다

해 설

'자리'의 몫

전소영(문학평론가)

뒤로 걷는 자의 일

이것은 아주 오래된 위로다. 시간을 선으로 된 길이라 여기는 것이다. 과거를 등진 채 미래를 향하고 있다고 믿는 것이다. 그 마음에 의지해 살아가는 편이 안온한 까닭이다. 설사 어제가 여하한 후회와 미련을 슬하에 남겼다 하더라도 돌아가 바꿀 수 없는 것이 사람의 운명이므로. 다만 이 합의된 위안을 마다하고 구태여 이렇게 말할 수도 있겠다. 미래야말로 우리가 볼 수 없어서 등 뒤에 있고 과거는 얼마든지 돌이켜지니 시야 앞쪽에 있다고. 그렇게 말하는 이 역시 시간 위를 한 방향으로 걷는 사람이라면 그는 분명 거꾸로 걷는 자일 것이다. 과거에 사로잡혀서가 아니라 과거를

아껴서, 이를테면 저를 포함하여 무수한 존재들이 살아가며 남긴 발걸음을 보기 위해서 그는 종종 고된 뒷걸음질을 자임하기도 한다. 차성환 시인의 일들이 그렇다. 그 처음이 이러하였다.

걸음은 걸으면서 걸음마다 피는 꽃들과 녹아내리는 얼음을 생각하고 방향이 없이 방황하는 걸음은 구두 뒤축처럼 딱딱하게 굳어 잠시 걸음을 멈추고 다른 걸음이 올 것 같은 골목에 서서 걸음 속에 걸음이 왼발과 오른발이 번갈아 움직이면서 엉덩이와 어깨가 춤추듯이 흔들리는 길을 따라 흘러가는 걸음의 리듬을 기다리는데 나는 걸음을 가두는 걸음에 갇힌 채 걷지도 못하고 바다로도 가고 싶은 걸음이 산에도 못 가고 집에도 못 가고 걸음을 포기하고 걸음으로 남아 어디에도 가지 못하는 걸음을 자책하며 눈물을 흘리고 걸음이 흘러내리고 녹아내리고 바닥에 스며 새로운 걸음을 완성할 때까지 또 다른 걸음을 꿈꾸는데

계단을 오르고 횡단보도를 건너고 걸음을 따라 걸으면 죽은 걸음이 온통 가득 넘쳐 출렁이는 걸음의 파도 걸음의 슬픔 걸음의 얼음 걸음의 덧없음 걸음의 넘어짐 움직이지 못하는 걸음 그대로 압정으로 벽에 꽂아 걸음을 걸어놓고 걸음걸이를 감상하고 그러고 보면 걸음은 걸음을 멈출 때 가장 걸음에 가깝고 걸음은 내 시의 거름이 되어 치사하게

머릿속에 얼어붙은 걸음으로 시를 쓰고 나를 여기서 저기
로 옮겨 주는 걸음은 문이 없는 걸음으로 걸음을 끝내려고
뛰어내린 사람들의 걸음은 죽음 주검 무덤 까마득한 바닥
의 정지 꽃 검은 얼음 나는 나를 죽음에 걸음 정지 멈춤 고
스톱 차렷 멈추고 스톱 영원히 지속하는 걸음 찰나의 시간
과 무한한 시간의 깊은 울음 감금 설움 시름 걸으면서 노래
하고 걸으면서 춤을 추고 걸으면서 속삭이고 걸으면서 같이
걷고 걸음 속에 꽃이 피고 걸으면서 진짜 걸음이 되고 나는
가장 화려하고 소박하고 아름다운 걸음이 되어 누구도 따
라오지 못하는 지상의 걸음을 걸으며 그렇게 걸음마다 나
를 심어놓는 걸음이 어떻게 스스로 무너뜨리는지 지켜보고

―「걸음 1」 전문

걸음을 바라보는 자의 시다. 걸음을 눈에 담으며 걷는
것, 일견 수월해 보이나 그렇지가 않다. 응시의 지극함에
도 정도가 있다면 '나'의 것은 비교 불가능한 바라봄인 까닭
이다. 뒤로 걷는 자만의 권능을 그는 십분 발휘하고 있다.
앞으로 걸을 때 사람은 고작해야 제 걸음의 방향만을 가늠
할 수 있다. 그러나 과거를 바라보며 미래로 나아가는 이
라면, 그에게 삶을 투시하려는 의지까지 더해진다면, 삶
과 죽음을 넘나드는 수다한 걸음이 이렇게까지 헤아려지
기도 한다.
'나'에게 있어서는 이 세계를 지탱하는 것이 다름 아닌 "걸
음"이다. 걸음은 종종 얼음을 녹여 꽃을 피워 낸다. 한 걸

음이 그 자체로 다른 존재의 걸음을 예비하는 '거름'이 될 수도 있는 것이다. 이때의 걸음이란 비단 살아있는 자들의 것만은 아니다. 지상에 없는 누군가가 한때 남겼던 것이라면, 그의 몸이 사라졌어도, 걸음만은 땅에 쌓여 살아있는 자들을 위한 바닥으로 다져진다. 시에 이렇게 적혔다. "걸음이 흘러내리고 녹아내리고 바닥에 스며 새로운 걸음을 완성"한다고. 세상의 모든 걸음이 이렇게 거름으로 순환하는 것이어서 이 시에는 종결 어미도 마침표도 없다.

시의 '나'가 쉬이 제 걸음을 옮기지 못하는 것은 그래서일 것이다. 세상을 떠난 이가 유언처럼 남겨 둔 걸음들을 바라보는 섬세한 눈을 가졌기 때문이다. '나'는 까마득하게 정지해 버린 걸음에서 그 주인의 죽음과 주검, 울음과 설움의 기척을 느낀다. 하여 그는 섣불리 발을 내딛는 대신 자신의 걸음을 멈춰놓고 벽에 걸어 점검한다. 누군가의 걸음 위에 올려질 내 걸음이 "누구도 따라오지 못하는 지상의 걸음"이 될 수 있을지, "걸음마다 나를 심어놓는 걸음이 어떻게 스스로 무너뜨리는지", 말하자면 다시 내 걸음 위에 덮일 누군가의 걸음을 위한 거름이 될 수 있을지 묻고 또 묻는다. '나'의 우려와 다짐 덕에 이 시에서는 '걸음'이 행위의 객체가 아니라 주체의 자리를 점유하게 되었다. 문장의 주어 자리에 놓인 '걸음'들이, 제가 더 이상 지난날의 부스러기가 아니라 다른 존재를 위한 바탕이 될 수 있다는 사실을 증명하고 있는 것이다.

지금 살아있는 자의 걸음이 어떤 거름에 빚지고 있는지

74

헤아리는 것, 스스로가 타자의 새 걸음을 위한 어떤 거름이 될 수 있을지 숙고하는 것. 여기서 비롯된 시심이, 차성환 시인이 오래 벼려온 시들의 배후에 아름답게 고여있다. 시간을 일방향으로 걷는 존재들의 몫이라는 듯, 우리가 내내 마음에 봉인해야 할 좌표라는 듯. 그러니 이 시를 시집의 진입로 삼아도 될 것이다. 혹은 지독하게 아픈 얼굴이 되어 누군가의 걸음들 앞을 쉬이 떠나지 못하는 시인의 얼굴을 떠올려도 좋겠다.

의지를 지닌 의자, 옷을 기르는 못

'세상의 걸음(거름) 사전'이라고 할까. 그래도 무방할 만큼 이 시집의 시들은, 뒤로 걷는 '나'들과 그들이 갈무리하는 어떤 '걸음'들의 변주로 이루어져 있다. 예컨대 '의자'의 시들이 그렇고 '못'의 시들이 그렇다. 위에 앉히고 걸리는 사물들로 인해 정작 존재가 가려지기 일쑤지만 잘 들여다보면 이들은 누군가가 남긴 걸음, 한때 몸담았던 사려 깊은 거처다.

의자는 의자왕을 기다린다 의자는 의지로 앉아있다 의자는 나무의 뼈를 끼워 맞춘 의지의 의자다 의자는 사각의 등판과 사각의 엉덩이와 각목의 네 다리의 의지로 앉아있다 의자는 나무 책상과 어울릴 만한 짙은 갈색에 니스 칠을 한 의자다 의자는 아직 한 번도 일어서지 않았지만 일어선다면 의자는 더 이상 의자가 아니게 된다 의자는 의자로 있겠다는 일념으로 의자로 앉아 자신의 의지를 증명해줄 의자왕을 기다린다 의자는 의지의 의자로 앉아있고 의자에 앉을 의지의 의자왕을 기다리며 무릎을 펴지 않는 의지의 의자다

—「의자2」 전문

옮긴 시에서도 "의자"는 기어코 행위의 주체 자리로 밀어올려져 있다. '나'의 필요에 의해 의자가 준비되는 것이 아니라, 의자가 '나'를 배려해 주는 것이다. 예컨대 "의자는 의자왕을 기다"리려는 "의지"를 지니고 있다. 의지를 가진 의자는 "비가 와도 한 번도 자세를 바꾸지 않고/ 개천을 마주보"기도 한다(「벤치」). 실상 이 시집 안의 시들이 대부분 이렇게 쓰였다. 어떤 '자리'도 피동적인 목적어 자리에 놓이지 않으며, 대신 누군가를 향한 어떤 "일념"을 가진 존재로 그려진다. 그 마음의 실력 행사를 시인은 다른 시에서 '삼라만상을 걸어내는 못'의 이미지로 사로잡는다.

검은 옷을 입은 못이 옷을 걸기 위해 콘크리트 벽면에 몸을 박았다면 못은 이미 박혀 있는데 못을 때리는 망치 소리의 한 점으로 수렴해 들어간 방은 못에 걸려 헤어 나오지 못

하고 한번 박은 못은 영원한 못이 되어 더 이상 무를 수 없
는 죽은 점이 되고 모든 옷이 못으로 달려 들어가 평생에 한
번쯤은 몸을 의탁해 잠들 수 있는 자리를 펼쳐 보이고 못이
박힌 소리는 잊히지 않고 못과 함께 단단히 쇠못에 붙들려
숭고하게 숭고한 못으로 차갑게 그대로 있고 못은 사라지지
않는 흔적으로 벽이 무너질 때까지 방이 사라질 때까지 집
이 멸망할 때까지 세계를 열심히 박아 넣어 우주보다 큰 구
멍을 제 안에 품고 마치 구멍이 못을 꿈꾸었던 것처럼 못은
구멍에서 자라난 못이고 점이고 흰 벽에 검은 못은 절대 못
갖춘마디로 흠십과 결점이 되어 못이 없는 벽면의 깨끗함
을 떠올리게 하지만 그렇다고 못생긴 벽면의 아름다움 또한
몹쓸 것이라고도 할 수 없는 어떤 순수한 점을 불러일으켜
검은 못을 이빨로 뽑아내거나 물렁한 머리를 박아 넣는 식
으로 나를 걸어 보기도 하는 검은 밤의 못은 숨 막히는 저
수지의 깊은 못처럼 끝없이 육박해 들어가는 소리의 한 점
—「못」 전문

  '못'을 주어 자리에 두는 사려 깊은 상상력의 전도가 이
시에서도 발견된다. 사람이든 사물이든 쓰임에 따라 운명
이 결정되기 마련이라면 못의 숙명은 서글프다. 못이 된 그
것은 죽은 점처럼 영원히 벽에 머무르며, 평생 자신에게 몸
을 의탁해 오는 옷의 거주지 노릇을 해야 한다. 적어도 제가
꽂힌 벽이, 방이, 집이 사라질 때까지 말이다. 그러나 화자

에 따르면 못은 주어진 그 노역勞役에 원한을 품지 않는다.

사람이 못을 박는 것이 아니라 못이 기꺼이 박혀 주는 것이다. 적어도 '나'에게는, 못이 제게 걸릴 무언가들을 위해 혹독한 망치의 타격을 감내해 주는 것처럼 보인다. 또 그저 옷뿐이겠는가. 그 옷들에 담긴 사연과 삶도 붙들어 주고, 제가 담긴 구멍을 단단히 잡아주고, 저를 때리는 망치 소리마저 정박시키는 못이다. 그래서 가없이 "숭고"한 못이다. 사정이 이러하다면 '못에 무언가 걸린다'는 말을 '못이 무언가 기른다'로 바꾸어 읽어도 괜찮을 것 같다.

이쯤에서 우리는 시인이 부지런히 갈무리하려는 '걸음' 내지 '자리'의 정체가 무엇인지 알아차릴 수 있게 된다. 제 필요에 의해 머물렀다 떠나는 존재들로 마모되면서도 기어이 그들을 길러내는 장소, 삼라만상을 보듬고 기르는 곳. 여기서 우리는 하릴없이 다시 앞선 시의 '의자'를 떠올리게 된다. "나무의 뼈를 끼워 맞춘 의지의 의자"라 했다. '나무의 뼈', 곧 나무가 지닌 본질이 의자에 고스란히 계승되었다는 뜻이다. 그런데 그 본성이라면 '기르는 일'이 아니던가.

한곳에 오래 있는 것을 두려워하는 나무가 움직일 수 없는 몸으로 새를 길러낸다면 독한 나무임에 틀림없는 그 고독한 나무는 떠날 수 없어서 새들을 항상 떠나보내고 다시 찾아오는 새들을 열렬히 환송하기 위해 매번 자리를 내어주고 벌레들이 나무의 길을 내면서 열심히 떠나는 중일 때

나무는 더 큰 움직씨를 품어 풍성하게 열린 울다 때리다 빌
다 찌르다 흐느끼다 펄럭이다 소리치다를 모두 떨어뜨리고
압도적으로 앙상한 나무만 남아 더 큰 바람을 상연하는 무
대를 펼쳐 보이고 나무는 걸어갈 수 없고 사라질 수 없고 수
직으로 누워 자기 그림자를 끌어당긴다

—「겨울」 전문

　움직일 수 없는 것이 나무의 습성이라 한들 그에게 하염
없이 기꺼울 리 없다. 미동조차 하지 못하는 상황에서 혹한
의 계절을 살갗으로 맞는 일은 서럽다. 그러나 나무는 매해
어김없이 육박해 오는 두려움을, 저에게 의지하는 다른 존
재들을 품어내는 것으로 견딘다. 찾아오는 새들을 기르고
벌레들에게 기꺼이 제 몸을 길로 주는 것이다. 그들을 열
렬히 맞고 떠나보내며 또 돌아올 곳을 마련해 두는 것도 나
무의 역할이다. '빌고 찌르고 흐느끼고 펄럭이고 소리치는'
것들을 힘겹게 품어 제 안에 움직씨(동사)들이 생겨나는 일
을 차라리 소소한 위안으로 여기는 나무. 걸어갈 수도 없고
사라질 수도 없지만 "돌아올 거라고 믿는 사람의 마음의 구
조"(「벤치」)를 지닌 나무. 이것이 결기인지 오기인지 모르겠
다. 용기인지 무모함인지 모르겠다. '사랑'의 일이라는 것
만 알겠다. 그리고 이 '사랑'이라면 우리에게도 더없이 익
숙한 것이다.

자리의 몫

「겨울」을 이렇게 다시 읽는다. "한곳에 오래 있는 것을 두려워하는 나무가 움직일 수 없는 몸으로 새를 길러낸다면 독한 나무임에 틀림없"다고 했다. 사람은 자녀를 낳을 때 '독한 나무'로 한 번 더 태어난다. 이를테면 "내 아버지는" "나를 낳으면서 어떤 선택의 여지도 없이 아버지가 되"어 한군데 심겨 움직일 수 없는 나무처럼 남은 생의 닻을 내렸을 것이다. 부모-나무는 "새들을 항상 떠나보내고 다시 찾아오는 새들을 열렬히 환송하기 위해 매번 자리를 내어"준다. 자녀들은 새 같다. 예고 없이 나무의 품에 안겼다가 어느 맑은 날엔 주저하지 않고 훌훌 떠나버린다. "압도적으로 앙상한 나무만 남아 더 큰 바람을 상연하는 무대를 펼쳐 보이고 나무는 걸어갈 수 없고 사라질 수 없고 수직으로 누워 자기 그림자를 끌어당긴다". 자식의 자리가 비면 압도적으로 앙상해진 부모는 겨울의 나무처럼 칼바람에 살갗을 베일 것이다. 그럼에도 가슴을 비워 두느라 부피 없는 자기 그림자 말고는 곁에 두지 않는다. 언제고 돌아올 자녀들을 위해서.

내 아버지는 아버지가 되기 전 아무것도 아닌 거시기였는데 나를 낳으면서 어떤 선택의 여지도 없이 아버지가 되었고 생전 처음 신생아를 안은 아버지는 라이터가 어디 갔더라 표정으로 나는 나대로 세상에 나온 게 억울해 막 우

는 덕에 거시기 씨 총각 때는 그만 잊어요 깔깔깔 웃으며 행
복했던 한때를 어머니는 무시기를 잃은 홀쭉한 배를 쓰다
듬으며 내게 말했다

—「멜랑콜리」 전문

사람이 공유한 자비 없는 숙명 중 하나는, 자녀일 때는 내
내 그 사실을 알지 못한다는 것이다. 그러다 부모와 이별한
후, 불현듯 그들이 세상에 다시없을 자신의 '자리'이자 '걸음
(거름)'이었음을 알아차리고 만다. 종종 오인되는 듯하지만
자녀가 부모와 진짜로 이별하는 시간은 죽음으로 삶을 등지
는 순간이 아니다. 이별의 고통은 일상으로 돌아간 그들이,
심신을 의탁할 자리가 더 이상 없음을 알아차릴 때 비로소
터져 나오기 시작한다. 이제 옮길 시로부터 그렇게 들었다.

오래전 죽은 아버지가 입술을 움직이지 않고 말을 한다
안방으로 들고 간 밥상을 물끄러미 보고만 있으신다 아몬
드 햇빛이 아이스크림 위에 아몬드처럼 부서진다 나는 놀
이공원에 혼자 눅눅해진 콘에 담겨 흘러내린다 아몬드 육
개장에 얼굴을 파묻고 퍼먹는다 떨어지는 눈물에 국물이
줄지 않는다 아몬드 어머니의 주름치마를 잡은 손안에 계
속 주름이 접혀 들어온다 나사 하나가 손에 들려 있다 아
몬드 석가모니 그림자 서린 수자타 마을의 강을 건넌다 발
목이 물에 흘러 떠내려간다 아몬드 숨을 참고 물속으로 들

어간다 나는 항상 이불 속에서 질식사 직전에 빠져나온다
아몬드

—「Ah! Monde」 부분

생을 떠난 아버지의 흔적이 여기저기서 눈에 걸린다. 단 그것은 "죽은 아버지가 입술을 움직이지 않고" 하는 말, 나에게 닿을 리 없어 온기가 사라진 기억의 조각이다. '나'는 놀이공원에서 아버지 손을 놓쳐 버린 아이처럼 우두커니 남겨져 슬픈 전전을 거듭할 뿐이다. 내 안에 시시각각 고이는 눈물이 때론 녹은 아이스크림처럼, 줄지 않는 육개장 국물처럼 속수무책 범람한다. '나'는 끝내 꿈에서 석가의 깨달음이 서린 강물을 찾기까지 하지만, 새삼 알게 되는 것은 나를 이 삶에 단단히 고정시킬 발목—부모가 물에 떠내려갔다는 것, 그것을 다시 주울 수 없다는 것. 부서진 아몬드여, Ah! Monde(아, 삶이여). 산다는 것은 그런 것이리라.

부재하는 부모와 '자리' 잃은 자녀의 이 형상은 비릿한 통증을 유발하며 시집 곳곳에 점묘되어 있다. 그런 시들의 화자는 유독 거칠고 원망 가득한 어조로 사연을 읊는데 꼭 우회된 자책처럼도 들리고 보인다. 그 마음이, 그로 하여금 삶의 '자리'를 탐사하게 했을 것이라고 넘겨짚어도 괜찮을 것이다. 비약을 발판 삼아 다시 '의자'의 시로 돌아가자.

의자는 나보다 먼저 태어났다 형이라고 불러야 하지만

나는 무시하고 궁둥이로 깔아뭉갠다 수많은 의자 위에서
사춘기를 보냈고 나는 앉아있기 위해 태어난 거 같기도 하
다 의자는 계속 앉은 자세이고 늦게 태어난 나는 의자에
몸을 맞춘다 의자에 바퀴를 달고 앉은 채로 나는 어딘가
로 간다 다시 태어나면 의자가 되어 너를 앉혀 주고 싶다
다 의자에게 배운 말이다 의자는 신나고 즐겁고 지루하고
끔찍하고 슬프게 앉아있다 의자는 책상과 상관없이 앉아
있다 의자는 앉아서 잠이 든다 다시는 일어날 수 없을 때
까지 앉아있다

―「의자1」 전문

세상의 모든 자리가 순식간에 생겨나고 또 허물어진다고
는 하나, 그중에서도 너무 사소하여 자주 잊히는 것 중 하
나가 '의자'일 것이다. 사람은 생애를 통과하며 스스로 헤아
리기 어려울 만큼 오래 의자 위에 머무른다. 살아가는 것
자체를 의자에 몸 기대는 일이라 해도 좋을 정도다. 하여
의자는 때로 존재의 증거로 남기도 하는데, 사람이 생을 떠
나도 그가 썼던 의자의 닳아진 표면만은 시간 안에 박제되
어 제 주인이 보낸 생애의 무게와 굴곡을 짐작해 보게 하지
않던가. 다만 의자는 늘 사람의 등 뒤에 있어서 이런 가치
를 눈여겨보는 이는 많지 않은 것 같다. 그러나 이 시의 화
자는 예외다.

그에게도 마치 "앉아있기 위해 태어난" 것만 같은 고달픈
시절이 있었다. 그때엔 가장 가까운 존재가 의자였을 것이

다. 의자는 그의 굽은 등을, 제가 꼭 뒷배라도 되어주겠다는 듯 세우고 받쳐주었다. 그러나 당시엔 그 역시 의자의 가치에 대해 그다지 깊이 생각하지 않았다. 여기까지라면 다른 이들과 다를 바 없다.

그런데 "다시 태어나면"이라는 구절과 그 앞 문장 사이에 가로놓인 좁지만 깊은 자간이 이 시를 더없이 다감한 것으로 만든다. '나'의 멈춤과 돌아섬, 바라봄이 거기 고스란히 담겨 있는 까닭이다. 때가 되어 대개의 사람이 의자에서 일어나 망설임 없이 자리를 떠났을 때, 마찬가지로 의자에서 일어난 그는 뜻밖에도 멈춰 선다. 급기야는 의자를 향해 몸을 돌리고 저로 인해 허름해진 그를 공들여 바라본다.

한때 품에 안았던 누군가가 사라져도 "신나고 즐겁고 지루하고 끔찍하고 슬프게" 그를 기억할 존재, 내가 떠난 자리에서 종잡을 수 없이 늙어가고 그럼에도 다른 누가 아닌 나를 위해 "다시는 일어날 수 없을 때까지 앉아"있을 것. 마치 부모를 닮은 듯한 의자를 향해 '나'는 이제 이렇게 말한다. "다시 태어나면 의자가 되어 너를 앉혀 주고 싶다". 거름이 되는 걸음이, 옷을 기르는 못이, 새가 혹독한 날을 나는 나무가 되겠다는 준엄한 선택이다. 진심을 다한 응시 끝에 내려놓은 결단이다. 이 한 행으로 이 시는 가장 아름다워졌다.

번져가는 말들의 전언

삶에는 우리가 놓친 수없는 자리가 있고 그 자리의 가치를 생각해야 한다는 말을, 그러나 시인은 결코 날것의 전언으로 우리에게 건네지 않는다. 대신 그가 택한 것은 말놀이다. 어떤 시인이 시에서 언어유희 쪽으로 길을 낼 때 그 목적은 흔히 두 가지 정도로 가늠해 볼 수 있다. 한쪽에는 세계가 정해 놓은 언어의 질서나 규칙을 파기하여 새로운 세상을 축조하려는 목표가 놓여 있다. 이를 위해서는 진폭 큰 말놀이를 구사하고 형식을 전언에 앞세워야 한다.

그러나 시인의 지향점이, 이와 달리 우리가 종종 간과하는 이 세계의 그늘을 충실히 드러내려는 데 있다면 유희의 형식은 진술을 보강하는 방향으로 나아간다. 이 시집의 시들에서 돌올해진 말놀이 방식은 뒤의 것에 가까워보인다. 세상에 존재하거나 부재하는 '자리'를 더듬어 밝히려는 마음의 구조적 발현인 것이다. 돌이켜 보면 그 면면이 이와 같았다.

그러고 보면 걸음은 걸음을 멈출 때 가장 걸음에 가깝고
걸음은 내 시의 거름이 되어 치사하게 머릿속에 얼어붙은
걸음으로 시를 쓰고

—「걸음1」 부분

의자는 의지로 앉아있다 의자는 나무의 **뼈**를 끼워 맞춘

의지의 의자다

—「의자2」 부분

　모든 옷이 못으로 달려 들어가 평생에 한 번쯤은 몸을 의
탁해 잠들 수 있는 자리를 펼쳐 보이고

—「못」 부분

　형태상으로, 발음상으로 인접해 있는 시어들이 주제를
견인하는 시들이다. '걸음'의 곁에는 그로부터 번져 나올
수 있는 단어, '거름'이 놓여 모든 걸음은 거름이 될 수 있다
는 사실을 힘주어 전해 준다. '의자'에게는 '의지'가 따라붙
었다. 의자의 주체적 성격을 강화시키기 위해서다. '못' 옆
에 놓인 '옷'은 못이 지닌 '기르는' 속성을 돋을새김한다. 인
접어를 끌어와 우리에게 익숙해진 시어와 그것이 지닌 의
미의 주춧돌을 슬쩍 흔들어놓는 것이다. 전복적이지는 않
지만 효과적이다.
　이 같은 시들을 통과할 때 우리는 시가 새삼스럽게 밝혀
주는 진리에 저 자신도 모르게 필연성을 부여하기 마련이
다. 가령 '걸음'과 '거름'의 유사성을 증명하는 시의 묘사로
인해, 양자의 본질이 같다는 시인의 말에 시 읽는 이는 저
항 없이 수긍할 수 있게 된다. 삶의 보이(지 않)는 '자리'들
을 섬세하게 찾아내 읽는 이에게 다정하게 내미는 시인의
전언 전달 방식이란 이와 같은 것이다.

첫 문장이 시작할 때 이미 무언가 실패할 것을 강하게 직
감하고 쓰기를 중단하려 하지만 어차피 실패할 것이라면 그
냥 쓰는 것도 좋은 방법이라 여겨지고 그동안 무수하게 중
단되고 버려진 글들에 대한 묵념 같은 글이 되어도 좋겠다
는 생각에 유령과 같은 글자들이 불려 나와 형체도 없고 결
말을 알 수 없는 글자들이 일렬횡대로 늘어서 어디론가 향
해 가고 이제는 오직 무언가 실패할 것이란 느낌만 남아 스
스로 움직이는 글자들은 관성에 의해 멈추지도 못하고 쫓
기는 건지 쫓는 건지 알 수도 없는 실패는 손끝을 떠나 끝
이 없는 첫이 되고 이미 달아난 실패를 쫓이 끝없이 달려나
갈 때 실패의 실은 계속 풀려나와 비로소 이 글은 달아나는
실패를 통해 실패를 완성한다

　　　　　　　　　　　　　　—「첫이란 단어로 시작하는」 전문

　다시 오래된 위로에 대해 말해야겠다. 시간을 직선의 길
로 상상하는 것이다. 과거를 등진 채 미래를 향해 가고 있
다고 여길 수도 있는 것이다. 보통은 그렇게 산다. 도대체
가 뜻대로 되지 않는 일이라면 등 뒤에 내버려 두는 것이 나
을 테니까. 다만 이 위안을 마다하고 고단을 감내하려는 시
인이 있어, 짐짓 이렇게 말하고 마는 것이다. 미래는 우리
가 볼 수 없으니 등 뒤에 있고 과거야말로 얼마든지 돌이킬
수 있어서 시야 앞쪽에 있다고. 존재들의 자리를 찾기 위해
서라도 저 자신은 계속 뒷걸음질을 칠 셈이라고. 이것은 사
력을 다해 시인이려는 이의 어쩔 도리 없는 "관성"이라고.

이 시도는 성공할 것인가. 실은 답과 상관없이 우리는 알고 있다. 끈기 있는 실패는 어떤 성공보다도 언제나 더 믿을 만했다는 것을.